每天，回家的路就更漫長

菲特烈・貝克曼 著
杜蘊慧 譯

And Every Morning the Way Home Gets Longer and Longer

Fredrik Backman

目錄

每天，回家的路就更漫長

And Every Morning the Way Home Gets Longer and Longer

親愛的讀者：

「老化最糟糕的一點，就是我的頭腦再也想不出新點子了。」在我頭一次聽到這一類的話之後，便始終無法完全忘懷，因為這正是我最害怕的：肉體還沒投降前，想像力就已經棄守。我想，有這種恐懼的人不只我一個。人類有個奇怪的傾向，比起怕死反而更怕老。

這是個有關記憶和放掉一切的故事。是老人和他的孫子、以及父親和兒子之間，緩緩道再見的感情書簡。

說實話，我原本並沒打算讓你讀這個故事。我之所以寫出這個故事，是想釐清自己的思緒。我是那種必須看到白紙上的黑字，才能理解自己究竟在想什麼的人。然而，結果是我寫出了這個故事，敘述我如何面對正漸漸失去自己畢生所知最偉大腦袋的過程；關於失去一位還存在的人、以及我想如何對自己的孩子解釋這一切。我正在放手，別無他法。

這是個有關恐懼和愛，以及這兩者大部分時候相輔相成地存在的故事。更重要的是，這是有關時間的故事，趁著我們還有時間思考這件事。

我也要謝謝你花時間看這篇故事。

菲特烈・貝克曼

在生命的盡頭有一間醫院病房。病房中央的地板上，搭了一頂綠色的帳篷。帳篷裡面，一個人驚醒過來，上氣不接下氣，驚恐不已，無法認出自己身在何方。坐在他身邊的年輕人悄悄地說：

「別害怕。」

「這可不正是人生中最棒的年齡嗎？」老人看著他的孫子如此作想。小男孩的年紀，剛好成熟到能夠理解世界如何運作，但又還年幼得有權利拒絕相信世界運作的規則。諾亞的腳還搆不到地，兩腿掛在長凳的椅面邊緣晃來晃去；但是他的腦袋卻能一路探進宇宙裡，因爲他在地球上生活的時間還不夠長，無法任由其他人將他的念頭綁在地球上。坐在他身邊的爺爺好老，老得無與倫比，老到理所當然地人們已經放棄嘮叨他必須表現得像個大人；老到已經沒時間再長大。但是如此說來，這個年紀也沒什麼不好。

向陽的長凳立在一座廣場上，陽光照得諾亞睜不開眼睛，他才剛睡醒。

他不願意向爺爺承認自己不知身在何處，因爲這是他們常玩的遊戲：諾亞閉上眼，任由爺爺帶他到他們還沒一起造訪過的地方。有時候，爺爺領著他在城裡換四趟公車；有的時候，爺爺不過是帶他走進房子後面，湖邊的小樹林裡，但是一路上諾亞總是乖乖用力閉上眼。也有的時候，他們會坐爺爺划的船，划得久到諾亞都睡著了。一直等到划得夠遠，爺爺才會輕輕說：「睜開眼睛囉！」然後給諾亞一張地圖和一個指南針，要諾亞想辦法為他們倆找到回家的路。爺爺知道諾亞總是有辦法找到那條路，因為爺爺對人生中的兩件事具有堅定不移的信心：數學和他的孫子。在爺爺年輕的時候，有一群人計算著該如何將三個人送上月球，是數學將他們成功送去之後又平安返回地球。數字永遠能讓人找到回家的路。

但是這裡沒有座標，也沒有路，更不存在任何一張地圖上。

諾亞記得爺爺今天叫他閉上眼睛，也記得他們偷偷溜出爺爺的房子之後，爺爺領著他走到湖邊，因爲小男孩很熟悉水流聲吟唱的歌謠，他根本不需要睜開眼睛看。他記得踏進小船時腳底下潮濕的木板，除此之外，再無其他線索。他不曉得自己怎麼會和爺爺來到這張位於圓形廣場的長凳邊。這是個奇怪的地方，但是每樣事物又看來頗爲熟悉，就像有人將你這輩子曾擁有過的東西全部偷來放進另一棟房子裡。稍遠處有一張書桌，跟爺爺書房裡的那張一模一樣，上面有一個迷你計算機和裁成正方形的筆記紙。爺爺輕輕吹著口哨，曲調悲傷，然後他停下來，簡短地悄聲說：

「廣場比昨天晚上又更小了。」

說完，他再度噓噓地吹起口哨。當男孩用狐疑的眼神望著爺爺時，爺爺看來似乎有些驚訝，醒悟到自己竟然頭一次大聲說出了剛才那一句話。

「對不起，諾諾，我忘記了想法在這裡不是無聲的。」

爺爺總是叫他諾諾，因爲他喜歡孫子的名字，比喜歡其他人的名字還多兩倍。他將手放在小男孩的髮心，卻不揉亂，僅僅讓手指輕輕歇在男孩的頭上。

「沒什麼好怕的，諾諾。」

長凳下，風信子盛開著，數以百萬計的紫色小手臂從花莖上向外伸展，想捕捉住太陽的光芒。小男孩認得這些風信子，它們是奶奶的花，聞起來就像聖誕節。對其他小孩來說，聖誕節的味道是薑餅和香料酒；但是如果你有一位喜歡種植物的奶奶，聖誕節的味道就是風信子。風信子之間閃爍著碎玻璃和鑰匙的光芒，似乎有人想把鑰匙保存在一個大玻璃罐裡，卻跌了一跤，打破了玻璃罐。

「那些鑰匙是做什麼用的？」小男孩問。

「什麼鑰匙？」爺爺回問。

此時，老人的雙眼顯得出奇地空洞，他氣餒地敲著自己的太陽穴。小男孩張開嘴似乎想說什麼，但是在看見老人的舉止後就閉上了嘴。他安靜地坐著，開始做爺爺教他在迷路時要做的事：觀察周遭，找出地標和線索。長凳周圍有很多樹，因爲爺爺很愛樹木，因爲樹木根本不管人類在想什麼。鳥兒的身影從樹頂飛起，劃過天際，從容地翺翔在風裡。一頭睡眼惺忪的綠龍正踽踽穿越廣場，一隻肚子上有巧克力顏色手印的企鵝正在廣場角落沉睡，旁邊還坐著一隻只剩單顆眼睛的玩具絨毛貓頭鷹。諾亞認得它們兩個，它們曾經是他的玩具。爺爺在他剛出生的時候送他那頭龍，奶奶說送給剛出生的嬰兒一頭龍當玩偶不太恰當，爺爺回答，他不想要一個恰當的孫子。

廣場上有人們來回穿梭，但是身影都很模糊。每當小男孩試著看清楚他們的輪廓時，人影就像穿過百葉窗的光一般從他眼底消逝。其中一個人影停下腳步，向爺爺揮手。爺爺也揮手回禮，試著擺出胸有成竹的神色。

「那是誰？」小男孩問。

「那是……我……我記不得，諾諾。好久以前認識的人吧……我想……」

他陷入沉默，猶疑著，在口袋裡翻找。

「你今天還沒給我地圖和指南針，或者可靠的工具，我不曉得要怎麼找到回家的路，爺爺。」諾亞小聲說。

「我怕那些東西在這裡派不上用場，諾諾。」

「我們在哪裡，爺爺？」

爺爺開始哭泣，無聲無淚，免得被孫子發現。

「這件事很難解釋，諾諾。非常、非常難解釋。」

女孩站在他面前，帶著風信子的香味，看起來像是從來沒離開過。她的髮絲顯得蒼老，但是吹拂其間的風卻飽含新生的氣息。他還記得陷入愛河的感覺，那是最後一絲離開他的記憶。和她陷入愛河裡的他，整個人被她滿滿占據，愛令他忍不住翩翩起舞。

「我們的時間太短了。」他說。

「我們有永恆的時間。孩子們和孫兒們。」

她搖搖頭。

「我和妳在一起的時間只像一眨眼。」他說。

她笑了。

「你和我在一起的時間有一輩子那麼久。我的一輩子。」

「還是不夠。」

她親了親他的手腕，下巴憩在他的指間。

「是不夠。」

他們沿著一條他認爲自己曾經走過的路慢慢走著，不記得這條路通往哪裡。他的手穩穩地握著她的，他們又回到了十六歲，手指不顫抖，心口也不疼痛。他感覺胸口毫無窒礙，似乎可以一口氣往地平線奔去；但是就在氣息一進一出之間，他的肺又不聽使喚了。她耐心地停下來等著，他全身的重量壓在環繞著她肩頭的手臂上。此時的她看起來很蒼老，就像她離他而去的前一天。他對著她的眉眼低聲說：

「我不知道怎麼跟諾亞解釋。」

「我懂。」她回答，呼吸在他的頸邊低吟。

「他長得好大了，但願妳能看見。」

「我知道，我看見了。」

「我好想妳，吾愛。」

「我一直都在你身邊，難纏的老情人。」

「可是妳只在我的記憶裡，這個地方。」

「那也不要緊，我最喜歡你的就是這一點。」

「我把廣場塡滿了，可是才隔了一晚，它就又縮小了。」

「我知道，我知道。」

她用一塊柔軟的手帕輕輕拂捺他的前額，布料上留下小小的紅色圓形痕跡，她告誡他：

「你在流血，上船的時候可得小心點。」

他閉上眼睛。

「我該怎麼跟諾亞說？我該怎麼解釋自己還沒死就會離開他？」

她用手捧起他的下巴，給他一吻。

「我親愛的、難纏的丈夫啊，就用你慣用的方法，解釋給我們的孫子聽：把他當成比你還聰明的聽眾。」

他將她摟得更緊了一些，知道一場雨即將來臨。

諾亞看得出來，當爺爺一說這件事不好解釋時，臉上的愧色顯而易見，因爲爺爺從不會對諾亞這樣說話。其他的大人卻相反，諾亞的爸爸每天都會說出拒絕諾亞的話，但是爺爺從來不會。

「我的意思並不是說這件事對你來講很難懂，諾諾。其實是我自己不懂。」老人帶著歉意說。

「你在流血！」男孩大叫。

爺爺的手指胡亂在額頭上摸索。一滴血珠正掛在眉頭上方，一道很深的皮膚裂口邊緣，和蒼老軀殼裡的地心引力互相較勁。最後，它終究滴了下來，落在爺爺的衣服上。緊接而來的是另外兩顆血珠，恰似孩子們從防波堤跳進海裡時，必得有一個夠勇敢的領頭往下跳，其餘的才敢跟進。

「對……對，我是在流血，我八成是……跌了一跤。」爺爺躊躇著，在腦中思索。

但是在這裡，所有的想法都有聲。小男孩睜大了雙眼：

「等等，你……你在船上跌倒的！我想起來了！你跌傷了，我還叫了爸爸來救你！」

「爸爸？」爺爺重複小男孩的話。

「對，爺爺別怕，爸爸馬上就來找我們了！」諾亞拍拍爺爺的手臂擔保。

他冷靜地按摩爺爺的肌肉，動作熟練度遠超過他的年齡應有的表現。

爺爺的眼睛因爲緊張而圓睜，男孩堅定地繼續說：

「你記不記得以前我們到島上搭帳篷釣魚的時候，你常常說的話？你說，有一點點害怕沒關係，因爲如果嚇得尿褲子，就能把熊熏跑！」

爺爺用力眨巴著雙眼，彷彿就連諾亞的輪廓也開始變得模糊不清，接著他點了幾下頭，視線變得清楚了。

「對！沒錯，我是說過，諾諾，我是說過對吧？我們去釣魚的時候。喔，親愛的諾諾，你長這麼大了，又高又壯。學校怎麼樣？」

諾亞盡力穩住自己的聲音，心臟因爲警覺而怦怦作響，他試圖嚥下聲線裡的顫抖。

「很順利。我的數學是全班最好。爺爺你別慌，爸爸很快就會來接我們。」

爺爺的手放在小男孩肩上。

「很好，諾諾，很好。數學永遠能帶你找到回家的路。」

其實，此刻小男孩已經嚇壞了，但是他知道不能讓爺爺看出來，所以他大喊：

「三點一四一！」

「五九二。」爺爺馬上回應。

「六五三。」男孩流暢地接下去。

「五八九。」爺爺笑著說。

這是另一個爺爺愛玩的遊戲，背出圓周率小數點之後的數字。這一串計算圓形面積的關鍵數學序列，具有爺爺深愛的魔力，這些關鍵數字能夠打開祕密，將整個宇宙展現在我們眼前。爺爺能背出小數點以下的兩百多個數字，小男孩的紀錄只及他的一半。爺爺總說，隨著時日過去，他們倆能背出的數字總有一天會相等：當小男孩的記憶力增強，爺爺的則與日遞減。

「七。」小男孩說。

「九。」爺爺輕輕接。

小男孩用力握了握爺爺粗糙的手，爺爺看出他神色中透露的害怕，便說：「諾諾，我有沒有告訴過你，那回去看醫生的事？我說：『醫生，醫生，我的手臂在兩個地方跌斷了！』醫生回答我：『那我就要建議你，別再往那兩個地方跑啦！』」

小男孩眨眨眼，周遭開始變得模糊。

「你說過，爺爺。那是你最喜歡講的笑話。」

「喔……」爺爺困窘地低聲回應。

廣場是一個完美的圓形。風打亂了樹梢，樹葉翻飛出上百種深淺不同的綠，爺爺向來很愛一年中的這個時節。溫暖的風拂過風信子細細的小手臂和爺爺額頭上乾掉的血珠。諾亞握住爺爺的手指問：

「爺爺，我們到底在哪裡？爲什麼我的玩具會在廣場上？你在船裡跌倒之後發生了什麼事？」

爺爺的眼淚奪眶而出：

「我們在我的腦子裡，諾諾，它一天比一天小了。」

泰德和他的爸爸在花園裡。花園滿是風信子的香味。

「學校怎麼樣？」做爸爸的生硬地問。

他老是問同樣的問題，泰德老是無法給他想聽到的答案。爸爸喜歡數字，但兒子喜歡文字，他們講的是不同的語言。

「我的作文得了最高分。」男孩回答。

「那數學呢？你的數學表現怎麼樣？如果你在森林裡迷了路，文字要怎麼帶你回家？」爸爸怒斥。

兒子沒回話。他不懂數字，也許其實是數字不懂他。他們兩個從來就不對盤，他和父親。

仍然很年輕的爸爸，彎下腰開始拔花床上的雜草。當他直起身時，天色已經黑了，但是他以爲只過了片刻。

「三點一四一。」他嘟囔著，嗓音聽起來像是別人的。

「爸？」兒子的聲音揚起，但也已經變得不一樣了，比剛剛更低沉。

「三點一四一！你最喜歡玩的遊戲！」爸爸大吼。

「不是。」兒子輕柔地回答。

「你以前最喜……」爸爸才講了幾個字，凝滯的空氣卻不允許他再講下去。

「你流血了，爸。」男孩說。

爸爸對著他眨了幾下眼睛，搖搖頭之後誇張地乾笑了幾聲：

「啊，只是小擦傷而已。我有沒有告訴過你，那回去看醫生的事？我說：

『醫生，醫生，我的手臂在兩個……』」

他猛地沉默下來。

「你流血了，爸。」男孩耐心地重複。

「我說：『我的手臂斷了。』喔，不對，等等，我說……我記不得了……這是我最喜歡講的笑話，泰德。我最喜歡講的笑話呢，別干擾我，我可以自己講完我最愛的笑話！」

男孩很謹慎、很謹慎地握住爸爸的手，它們此時看起來好瘦小。

相形之下，男孩的手就像兩把大鏟子。

「這是誰的手？」老人喘著氣問。

「我的。」泰德回答。

爸爸搖頭，血從前額往下流，他的眼神充滿怒氣。

「我兒子呢？我的小孩去哪了？回答我！」

「爸，你先坐下來。」泰德懇求。

爸爸的眼睛在籠罩著樹頂的暮色中搜尋，他想呼叫，卻想不起該如何發聲，現在喉嚨僅能斷斷作響。

「學校怎麼樣，泰德？你的數學成績如何？」

數學總是能領著你找到回家的路……

「你先坐下來，爸，你流血了。」兒子再度懇求。

兒子的臉上有一副大鬍子，爸爸伸手碰觸男孩的臉頰時，鬍鬚刷刺著他的手心。

「發生什麼事？」爸爸低聲問。

「你在船上跌倒了。我叫你別上船的，爸。很危險，尤其是你還帶著諾

——」

爸爸的雙眼圓睜，激動地打斷：

「泰德？是你嗎？你變了！學校怎麼樣？」

泰德緩緩呼吸，一字一字清楚地吐出：

「我已經不去學校了，爸。我長大了。」

「你的作文怎麼樣？」

「拜託你坐下來，爸。坐下。」

「你看起來很害怕，泰德。你在怕什麼？」

「別怕，爸，我只是……我……你不能再划船了。我已經告訴過你幾百次……」

他們已經不在花園裡了，而是在沒有一絲氣味的房間裡，四面都是白牆。

爸爸將手貼在大鬍子覆蓋的臉頰上。

「別怕，泰德。你記不記得我教你釣魚？我們在小島上搭帳篷，你還要睡在我的睡袋裡，因爲你被惡夢嚇得尿床？你還記得我怎麼跟你說的？嚇得尿褲子是件好事，因爲能把熊熏跑。稍微有點兒害怕沒什麼不對。」

爸爸往下坐，落在一張柔軟的床上。剛鋪好床的那個人顯然並不打算睡在上頭。這不是爸爸熟悉的房間。泰德坐在他身旁，老人把鼻尖埋在兒子的髮心裡。

「你記得嗎，泰德？島上的帳篷？」

「跟你在帳篷裡過夜的不是我，爸，是諾亞。」兒子輕聲回答。

爸爸抬起頭直直瞪著兒子。

「諾亞是誰？」

泰德柔柔地摩挲父親的臉頰。

「諾亞，爸，我的兒子。你是跟諾亞一起在帳篷裡過夜的，我不喜歡釣魚。」

「你喜歡！是我教你的！我教你……難道我沒教你？」

「你從來沒時間教我，爸，你總是在工作。可是你教了諾亞，你教了他所有的事，熱愛數學的也是他，跟你一樣。」

父親的手指緊攫著床邊，他在口袋裡搜尋著某樣東西，越來越氣急敗壞。當他看見兒子眼裡的淚水時，便急急將視線投往房間一角。爲了阻止雙手顫抖，他用力握拳直到關節泛白，怒氣沖沖地叨唸：

「學校怎麼樣，泰德？告訴我你在學校的狀況！」

小男孩和他的爺爺並肩坐在爺爺腦子裡的一張長凳上。

「這是個很棒的腦子呢，爺爺。」諾亞語帶鼓勵地說，因爲奶奶曾經講過，只要在爺爺沉默下來的時候讚美他，就能讓他繼續滔滔不絕。

「謝謝你的讚美。」爺爺笑起來，用手背抹去眼淚。

「只是有點亂喔。」小男孩嘻嘻一笑。

「你奶奶過世之後，這裡下了很久的雨。在那之後，我還沒能好好整理我的腦子。」

諾亞注意到長凳下的地面變得泥濘不堪，但是鑰匙和碎玻璃仍然在原處。

廣場盡頭是一座湖，湖面上有微微的波浪，一片關於船的記憶剛剛滑過水面。

諾亞幾乎看得見遠方小島上的綠色帳篷，他還記得當他們起床時，樹梢總是被清晨沁涼的霧氣輕輕包覆著。每回只要他害怕又作惡夢，爺爺就會拿出一根細繩，一端綁著自己的手臂，另一端繫著小男孩的手臂，並保證如果諾亞作了惡夢，只要拉拉細繩，爺爺便會醒來帶著他回到安全之處，就像繫在碼頭上的小船。爺爺說到做到，屢試不爽。諾亞的雙腿在長凳邊緣晃蕩，龍在廣場中心的噴泉旁呼呼大睡。遠處的地平線上，在湖的對岸有一小群高高的建築物，矗立在看似剛崩毀的斷垣殘壁之中。其中一棟還沒倒塌的大樓上掛滿晶亮閃爍的霓虹燈，東一處西一處地懸掛著，彷彿是哪個人在匆忙之間，或是急著想去上大號，胡亂布置一番。霓虹燈隔著霧氣閃爍著某種圖案，諾亞認出來，它們其實是文字。其中一棟閃著「重要！」，另一棟上則是「要記得！」。但是在最高、最接近湖濱的大樓上，霓虹燈排出的字樣是「諾亞的照片」。

「那些大樓是什麼，爺爺？」

「它們是檔案庫，儲存了所有的東西。所有最重要的東西。」

「像是什麼？」

「我們一起做過的每一件事。所有的照片和影像，還有每一樣你送我的無用禮物。」

爺爺呵呵笑著，諾亞也笑了。他們喜歡送彼此無用禮物。爺爺在聖誕節時送諾亞一個裝了空氣的塑膠袋，諾亞則送爺爺一只涼鞋。爺爺生日那天，諾亞送他一塊已經被自己吃掉的巧克力，那是爺爺最喜歡的一個無用禮物。

「那一棟樓好高啊！」

「因爲那塊巧克力很大囉！」

「爲什麼你這麼用力握著我的手啊，爺爺？」

「對不起，諾諾，對不起。」

圍繞噴水池的廣場地面，鋪著堅硬的石板。有人用白色粉筆在石板上寫滿數學計算式，可是輪廓模糊的行人在廣場上匆忙地四處穿梭，鞋底擦去了一個接一個的數字，此時只剩下凌亂的線條，深深蝕刻進石板表面，就像算式形成的化石。巨龍在睡夢中打了個噴嚏，噴發出的鼻息將數不清的手寫紙張一路吹得飛越廣場。十一個小矮人，從奶奶常唸給諾亞聽的童話書裡跳出來，在廣場上手舞足蹈地企圖捉住紙頁。

「那些紙上寫了什麼？」小男孩問。

「我的點子。」爺爺回答。

「可是它們要被吹跑了。」

「這已經不是一天兩天了。」

小男孩點點頭，手指用力和爺爺的手指交握。

「你的腦子生病了嗎？」

「誰告訴你的？」

「爸爸。」

爺爺從鼻子呼出一大口氣，也點點頭。

「其實，我們什麼都不知道。我們根本不了解腦子的運作方式。現在它就像一顆漸漸黯淡的星星，你還記得我教你的嗎？」

「我們要花很久的時間，才能觀察出一顆星星因爲衰老而變得黯淡。因爲它的最後一道光芒得經過很長的時間才會到達地球。」

爺爺的下巴微微顫抖。他總愛提醒諾亞，宇宙已經有一百四十億歲了，然後奶奶會接下去絮叨：「那你幹嘛還忙著去觀察天象，連碗盤都來不及洗？」她有時也在諾亞耳邊輕聲說：「那些匆忙過活的人，多半也趕著錯失好事。」直到奶奶下葬之後，諾亞才了解她這句話的意思。爺爺死命握住雙手，企圖阻止它們繼續顫抖。

「當腦袋的運作慢下來的時候，身體得花很久的時間才能體認到這一點。人類的身體敬業到令人難以想像，簡直就是一部數學演算傑作，它會持續工作到最後一絲燭光熄滅。我們的腦子是最無邊無際的運算式，一旦人類解開了這個算式，人腦就會比當初我們登上月球的時候更強大。宇宙裡最難解的謎就是人了，你還記得我怎麼告訴你失敗這件事嗎？」

「不再繼續嘗試，就是唯一的失敗。」

「說得好，諾諾，說得好。偉大的點子是不會永遠被綁在地球上的。」

諾亞閉上眼睛不想讓眼淚流出來，緊閉著眼皮含住它們。雪花開始落在廣場上，就像小小孩哭泣的方式，一開始嚶嚶啜泣，卻隨即轉變爲永遠不會止住的態勢。密集的白色雪花轉眼便掩蓋了所有爺爺的點子。

「學校怎麼樣，諾諾？」老人說。

他總是喜歡知道有關學校的一切，但是他和別的大人不一樣。別的大人只想知道諾亞在學校裡乖不乖，爺爺則想知道學校乖不乖。儘管總是事與願違。

「老師叫我們寫一個故事，講我們長大了想當什麼。」諾亞告訴他。

「你怎麼寫？」

「我說我只想先專心當小孩。」

「答得好。」

「對吧？我只想變老，不想長大。大人全都愛生氣，只有小孩和老人家會笑。」

「這些你也寫了？」

「對。」

「那你們老師怎麼說呢？」

「她說我沒聽懂作業的意思。」

「你回答了啥？」

「我說她不懂我寫的答案。」

「我好愛你啊。」爺爺閉上眼睛，勉力回答。

「你又在流血了。」諾亞將手放在爺爺額頭上說道。

爺爺用一塊褪色的手帕拭了拭額頭，然後在口袋裡尋摸某樣東西。接著，他看著男孩的鞋子，它們正在柏油地面上方十幾公分高的地方搖晃，投下無拘無束的影子。

「親愛的諾諾，等你的腳能搆得著地上的時候，我已經在外太空了。」

小男孩專心地配合爺爺的韻律，一起吸氣呼氣。這也是他們鍾愛的遊戲。

「我們是來這裡學說再見的嗎，爺爺？」他終於問了。

老人抓抓下巴，思索良久。

「是啊，諾諾，恐怕是這樣沒錯。」

「我覺得說再見好難。」男孩說實話。

爺爺頷首，輕輕撫摩男孩的臉頰，他的指尖就跟乾硬的麂皮一般粗糙。

「你這一點可眞是得奶奶眞傳。」

諾亞記得很清楚。每回，爸爸在晚上來爺爺奶奶家接他的時候，奶奶甚至不准諾亞對她說這一類的告別字眼。「不准說，諾亞，我不准你對我說那幾個字！每次你離開我，就害我變老；你每說一次再見，我臉上就多一道皺紋囉！」這是她常掛在嘴上的怨言。因此，諾亞用唱歌取代告別，逗得她格格笑。她教他認字、烤番紅花圓麵包、倒咖啡的時候壺嘴不會滴滴答答地濺漏。當她的手開始顫抖的時候，男孩留神著只為她倒滿半杯咖啡，避免她喝咖啡的時候灑出來；因為當著他的面潑灑出咖啡總是令她感到難堪，他不希望因為自己在場而令奶奶不自在。在她唸了小矮人的童話故事之後，諾亞轉眼即將墜入夢鄉之前，奶奶的唇會在諾亞耳邊悄悄說：「諾亞，我對你的愛，比整片天空還更多更大。」她並不完美，可是她是他的。在她去世的前一晚，男孩唱了歌給她聽。她的身體比腦子還早停止運作，爺爺則恰恰相反。

「我很不會說再見。」男孩說。

爺爺笑的時候，咧開的唇間露出了全部的牙齒。

「我們會有很多機會練習的，到時候你就會了。幾乎所有在這裡走來走去的大人，都因爲某一次沒能好好說再見而懊悔，他們都但願自己能夠回到過去，把那次再見說得像樣一點。可是你我的再見不會像他們的那樣。你能夠不斷練習，直到完美。而且等到你能完美地說再見的時候，你的腳就已經能搆到地，我也早就上了外太空，一切都沒什麼好怕的。」

諾亞握住老人的手。老人教會他釣魚、永遠別怕天馬行空的想法、抬頭欣賞夜空，並且曉得那片天是數字組成的。在這一方面，數學庇佑了男孩，因爲他不再懼怕幾乎每個人都怕的：無盡的永恆。諾亞愛外太空，因爲它無盡延展，並且永遠不會死亡。它是生命中唯一不會離他而去的事物。

他搖晃雙腿，認眞凝視著花朵間閃閃發亮的金屬鑰匙。

「每個鑰匙上都有數字喔，爺爺。」

爺爺往前探身，仔細端詳鑰匙。

「是啊，眞的呢，都有數字。」

「爲什麼呢？」

「我想不起來了。」

他的語氣突然流露出恐懼。他的身體變得沉重，嗓音漸趨微弱，皮膚耷拉下來，就像失去風力的船帆。

「你爲什麼這麼用力握我的手呢，爺爺？」小男孩再度輕聲問。

「因爲每一件事都在消失啊，諾諾。而我最不想失去的就是你。」

小男孩點點頭，也用力回握爺爺的手。

他握著女孩的手，越來越用力，直到她輕輕地，一根一根地鬆開手指，然後在他的頸子上吻了一下。

「你那麼用力，好像我是條繩子似的。」

「我不要再一次失去妳，我沒辦法接受。」

她快活地在他身邊沿著路往前走。

「我在這裡呀，一直都在。再講一些諾亞的事，每件事都要講。」

他的臉孔漸漸柔和下來，然後他咧嘴一笑說：

「他現在長得好高了，腳已經快碰到地囉。」

「那麼你可得在錨下面多墊幾塊石頭。」她點頭。

他的肺強迫身體停下來，倚在樹上調勻呼吸。樹幹上刻著他們兩人的名字，但是他不記得爲什麼。

「吾愛，我的記憶漸漸不聽使喚了，就像費力分開油和水。我感覺老是在看一本缺頁的書，而且缺的永遠是最重要的那一頁。」

「我知道，我知道你怕。」她的嘴唇拂過他的臉頰。

「這條路通往哪裡？」

「家。」她回答。

「我們現在在哪？」

「我們最初相遇的地方。跳舞的時候，你踩到我腳趾的舞廳在那邊；還有那間咖啡館，我害你不小心在那裡夾到手，你的小指到現在都還是歪的。你不總是說，我八成是因爲過意不去才嫁給你嗎？」

「我不在乎妳爲什麼說妳願意，我只在乎妳一直陪在我身邊。」

「在那座教堂裡，你成了我的人啦。我們的房子在那邊。」

他閉上眼睛，讓鼻子帶路。

「妳的風信子，從來沒這麼香過。」

他們互相牽掛，超過半個世紀。直到最後一天，就如同她頭一回在樹下見到他那天，她依舊討厭他個性中的某一部分，但是她愛極了他個性中的其他部分。

「在我七十歲的時候，你盯著我看的神情，仍然能讓我像十六歲時一樣神魂顛倒喲！」她笑著說。

他的手指撫摸她鎖骨上方的皮膚。

「對我來說，妳一直都這麼與衆不同，吾愛。妳既像電，又像火。」

她回答的時候，牙齒輕擦過他的耳垂，癢乎乎的。

「任誰都會像我一樣一無所求了。」

但是，世界上也從來沒有誰像她一樣，能和他大吵。他們第一場爭執是關於宇宙：他想解釋宇宙形成的原理，她拒絕聽他的那套說法。他提高音量，惹惱了她，令他感到一頭霧水；她雙手緊緊握拳，大吼：「我生氣是因爲你以爲每件事情會發生都是靠機率可是這個地球有上億的人而我卻偏偏遇到你所以如果你的意思是我當初也可能會遇到別人那我可不想再聽你講那套狗屁的數學機率！」他呆立原地，盯著她好幾分鐘，然後說他愛她。那是他們第一次吵架。在那次之後，他們不斷床頭吵，床尾和。他花了一輩子的時間，計算當初遇見這個冤家的機率有多微小。她顚覆了他的整個世界。

當他們搬進第一棟房子裡，他在整個陰暗的冬季中偷偷種出一片花園。

春光終於來臨時，院子裡爆出的萬紫千紅嚇了她一大跳。唯有科學精神帶來的決心才能推動一個大男人打造出這片花園，因為他要證明數學也能很美。他測量日照斜度、畫圖記錄樹木的陰影投在哪個方位、統計每一天的溫度、計算如何才能發揮植物的最大效益。「我想要妳理解。」六月裡，他對赤腳站在草地上喜極而泣的她說。「理解什麼？」她問。「等式有魔法，方程式就是咒語。」他說。

此刻，年邁的兩人沿著路並肩走著。她的話聲順著他的襯衫傳上來：

「每年你還偷偷到處種香菜，故意跟我搗亂。」

他的雙手大大往外一攤，狀甚無辜地說：

「我根本不知道妳在說什麼，我最近記性不好。妳也曉得，我是個老頭子囉！妳是說妳不喜歡香菜？」

「你本來就知道我討厭香菜！」

「那一定是諾亞，那個小子真不可靠！」他笑說。

她踮起腳尖，雙手抓緊他的襯衫，眼睛直視他的：

「你老是這麼難纏，狡猾的傢伙，老是這麼不圓滑，有的時候甚至還很討人厭。可是沒有人，一個人都沒有，敢告訴我你不惹人愛。」

在飄著風信子花香和偶爾夾雜香菜氣味的花園旁邊，是一片空曠的草地。圍著草地的籬笆之外，有一艘好幾年前被鄰居拖上岸的破舊漁船。爺爺總是說，他不能在家安靜地好好工作；奶奶總是說，有爺爺在家工作，屋裡就沒個安寧。因此有一天早上，奶奶穿過花園，繞過籬笆，開始動手將船艙布置成一間工作室。自此之後好多年，爺爺會坐在這間辦公室裡，身邊圍繞著數字、算式和等式。對他來說，這是世界上唯一每件事都符合邏輯的地方。數學家就需要這樣的空間，也許每個人都需要。

船身一側，斜倚著一根巨大的錨。泰德還是小小孩的時候，偶爾會問父親，自己要等到什麼時候才會長得比錨還高。做父親的絞盡腦汁回想當時泰德幾歲，想到腦子裡的廣場都裂了，仍然想不起來。長了經驗的他，在諾亞出生的時候，已經不再是以前那個人；成爲爺爺的他，跟做父親的那個他已經不同了。對數學家來說，這件事並不奇怪。當諾亞問起泰德也問過的問題時，爺爺回答：「你只能希望你不會長得比它高，因爲只有比它矮的人才能隨時到我的辦公室裡玩。」等到諾亞的身高逼近錨頂時，爺爺在錨下墊了幾塊石頭，如此一來才能保有自己隨時會被打擾的特權。

「諾亞變得好聰明了，吾愛。」

「他一直都很聰明，是你自己發現得太晚。」她嗤之以鼻。

他的聲音哽在喉嚨口。

「我的腦子不停縮小，每天晚上廣場變得越來越小。」

她輕揉他的太陽穴。

「記不記得我們剛愛上對方的時候，你說過『睡覺是種折磨』？」

「是啊，因爲我們不能分享彼此的夢。每天早上當我努力睜開眼睛的那幾秒，簡直讓人無法忍受，因爲我還迷迷糊糊地不知道自己身在何處。非得等到我看見妳，才能放心。」

她給他一個吻。

「我知道，每天早上你回家的路變得越來越長。可是我之所以愛你，是因爲你的腦袋、你的世界，向來比每個人的都大。還有很多是你沒忘記的。」

「我想妳想得好難受。」

她露出笑容，眼淚落在他臉上。

「眞是個老頑固。我很清楚，你從來不相信死了以後還有來世，但是我要你知道，我眞的非常、非常、非常希望你錯了。」

她身後的路開始變得模糊，雨落在地平線上。他用最大的力氣握住她的手，深深嘆氣：

「等我們在天堂重逢，天曉得到時候妳又要怎麼和我爭執了。」

一把草耙斜倚在牆上，旁邊的草地上是三根沾著泥土的植物名字插牌。地上還有一個有好幾個口袋的袋子，其中一個口袋裡插著一副眼鏡。一架顯微鏡被遺忘在小腳凳上，掛鉤上吊著一件白大衣，底下露出一雙紅鞋子。爺爺在這裡向她求的婚，就在噴水池旁，周圍到處散落著屬於奶奶的物品。

小男孩小心碰了碰爺爺額頭上的腫包。

「痛不痛？」他問。

「不太痛。」爺爺回答。

「我的意思是裡面。腦袋裡痛不痛？」

「越來越不痛了。忘記事情就是有這點好處，那些讓你覺得痛的事也都會一起忘記。」

「那是什麼感覺？」

「就像一直在口袋裡找東西。你先是忘了小事，然後忘了大事；先是鑰匙，然後是人。」

「你怕嗎？」

「有點，你呢？」

「有點。」小男孩說實話。

爺爺咧嘴一笑。

「那樣能把熊趕跑。」

諾亞的臉頰貼在老人的肩窩上。

「你忘掉一個人的時候，會忘掉你已經忘了他這件事嗎？」

「不一定，有時候我會記得我忘了。這種是最糟糕的遺忘，就像颱暴風雨的時候被鎖在門外。這種時候，我就會努力強迫自己想起來，努力到整座廣場都天搖地動。」

「所以你才會這麼累？」

「是啊，有時候感覺就像天還亮的時候，我在沙發上睡著了；等到天黑之後突然驚醒，總是得花幾秒鐘回想自己到底在哪。有好幾次，我像是在外太空，先要用力眨眼、揉幾下眼睛、讓我的腦子多繞點路，想起來我是誰，又要往哪裡去。我在找回家的路。每天早上，這條從外太空回家的路都變得比前一天更長。我就像是在一片死寂的湖上划行的水手啊，諾諾。」

「聽起來眞不妙。」男孩說。

「是啊，非常、非常、非常不妙。不知爲什麼，地點和方向似乎是最先消失的。你先是忘了自己要去哪，然後是去過哪，最後是你在哪……或者……也許順序應該顛倒過來……我……我的醫生說過一件事。我去看醫生，他說，又好像是我說的。我說：『醫生，我……』」

他敲著太陽穴，越來越用力。廣場又動搖起來。

「沒關係。」男孩柔聲說。

「對不起，諾諾。」

男孩撫摸老人的手臂，聳聳肩。

「別擔心，爺爺，我會給你一個氣球，你可以帶它去外太空。」

「氣球可不能防止我消失啊，諾諾。」爺爺嘆道。

「我知道，可是它可以當作你的生日禮物。」

「聽起來很無用呢。」爺爺微笑。

小男孩點了點頭。

「只要你一直握住它，就會記得在你跑到外太空之前，有個人送了你這個氣球。這是全世界最無用的禮物，因爲在外太空裡根本用不著氣球，想到這點你就會笑起來啦！」

爺爺閉上眼，呼吸拂動了男孩的髮心。

「那會是我收過最棒的禮物了。」

湖面波光瀲灩，兩人的腿左右來回搖晃，褲管在風裡振舞。坐在長凳上，空氣聞起來有水和陽光的味道。並非每個人都知道水和陽光也有氣味，但它們的確有自己的氣味，只不過你需要走到離其他氣味很遠的地方才能察覺。你得坐在小船裡，時間長到你徹底放鬆，躺著好好思索一番。遊湖和思考有一個共通點：你得有時間。爺爺向諾亞靠過身，像是要大睡一覺之前那樣舒了口大氣。他們倆其中一人長高了，另一人變矮了，歲月終於令他們在中間高度會合。男孩指向廣場另一端，一條被路障和大大的警告標誌攔起來的路問：

「那邊發生什麼事啦，爺爺？」

爺爺眨巴了幾下眼睛，頭靠在男孩的肩膀上。

「喔……那條路……我想是……被封了吧。你奶奶走了之後，就被雨沖垮了。現在回想那些太危險了，諾諾。」

「它是往哪去的呢？」

「那是一條捷徑。只要走那條路，我每天不用花太多時間，就能在一早回到家。睡醒之後睜開眼，就到家了。」爺爺喃喃說道，一邊敲著額頭。

男孩還想繼續問，但爺爺先他一步：

「告訴我學校的事情，諾諾。」

男孩聳肩。

「數學題算得太少，作文課太多。」

「這些學校老是這樣，永遠學不會。」

「還有，我也不喜歡音樂課。爸想教我學吉他，可是我彈不來。」

「別煩惱，諾諾，像你我這樣的人，演奏的是另一種音樂。」

「而且我們還得寫很多作文！有一次老師要我們寫生命的意義。」

「你怎麼寫？」

「同伴。」

爺爺閉上眼睛。

「這是我聽過最棒的答案了。」

「老師說我應該寫一個比較長的答案。」

「那你怎麼辦呢？」

「我就寫：『同伴，還有冰淇淋。』」

爺爺花了點時間思索這個答案。然後開口問：

「哪種口味的冰淇淋？」

諾亞笑起來。被理解的感覺眞好。

他和女孩走在路上，他們又回到年少時光了。他清楚記得第一眼看到她的情景，他把那些畫面深藏在雨淋不到的地方。那天早上，他們才十六歲，就連雪花都顯得歡欣鼓舞，它們閃爍著五彩的光芒，降落在冰涼的面頰上，像是要喚醒那個它們深愛的人。她站在他面前，一月的空氣穿梭在她的髮絲之間，而他已經不知自己身在何方。她是這輩子頭一個令他摸不著頭緒的人，就算他之後花了下半輩子的時間研究，也仍然毫無頭緒。

「跟妳在一起，讓我找到自己。妳就是我的捷徑。」

「雖然我向來沒有什麼方向感。」她笑道。

「死亡眞是不公平。」

「其實，死亡就像一陣緩慢的鼓點，每敲一下就算一步。我們沒辦法跟死亡討價還價的。」

「說得眞美，吾愛。」

「借來的說法。」

他們的笑聲迴盪在彼此的胸前，接著他說：

「我想念所有最尋常不過的東西：在前廊吃早餐、花床裡的雜草。」

他們的呼吸來回交錯著，然後她回答：

「我想念清晨。清晨先是在水邊跺腳，越來越惱，越來越不耐煩，最後終於攔不住太陽升起來。太陽光從湖那頭跨過來，碰到碼頭邊的石頭，然後上了岸，就像溫暖的手撫摸我們的花園，柔和的陽光塡滿了我們的屋子，呼喚我們快點踢掉被子，下床開始新的一天。我想念那個時候的你，總是睡眼惺忪。我想念早晨陪在我身邊的你。」

「我們活過最特別的尋常人生。」

「也是最尋常的特別人生。」

她大笑。老成的雙眸裡，有新生的陽光，他還記得自己是如何墜入愛河的。

雨還沒造訪。

他們在捷徑上共舞，直到黑暗降臨。

人們在廣場上來回穿梭。身影模糊的男人踩到龍的腳，龍狠訓了他一頓。男孩在樹下彈吉他，曲調悲傷，爺爺跟著哼起來。年輕女人赤腳走過廣場，途中停下來撫摸那頭龍。忽然，她伸手在紅色大衣裡摸索，像是在口袋裡找到尋覓已久的物事。她抬起頭，直直望著諾亞，快樂地邊大笑邊揮手，彷彿在說諾亞幫她找到尋覓的物事，而她想要諾亞知道他可以不用繼續幫她了。她已經找到那樣東西，一切都沒問題。在那一瞬間，諾亞看清楚她的臉孔，她有雙奶奶的眼睛。男孩眨眨眼，她就消失了。

「她看起來像……」他低聲說。

「我知道。」爺爺點頭。

他的手緊張地在口袋裡摸索，隨即又抽出來，手指像是搖一盒葡萄乾那樣箍住太陽穴，彷彿想搖鬆腦袋裡的某一塊記憶。

「我……她……是你奶奶，年輕的時候。你從來沒見過她年輕時候的樣子，她有……她從前有我見過最強烈的情緒反應。生氣的時候，她能嚇跑一整個酒吧裡的大男人；快樂的時候……你根本就沒有招架之力，諾諾。她就是宇宙最自然原始的力量。她造就了今天的我，她是我的宇宙大爆炸。」

「你是怎麼愛上她的呢？」小男孩問。

爺爺的一隻手掌放在自己的膝上，另一隻放在男孩膝上。

「她在我的心裡迷路了吧，我想。找不到出來的路。你奶奶的方向感糟透了，就連在手扶梯上也會迷路。」

他說完之後大笑，爽脆響亮的笑聲，像是肚子裡有一把乾柴燒得劈啪響。

他用手臂環住男孩：

「我這輩子從沒問過自己怎麼愛上她的，諾諾，我只納悶她怎麼會愛上我。」

小男孩看著地上的鑰匙，又看看廣場和噴水池。他的視線移到頭上的外太空，似乎一伸長手指就摸得到。外太空很柔軟。和爺爺去釣魚的時候，他們有時會閉上眼在小船底躺上好幾個小時，不需要和對方講一個字。當時還健在的奶奶總是留在家裡，如果有人問她的丈夫和孫子去哪了，她會回答「外太空」。那是屬於他們兩人的空間。

她在十二月的某天早晨過世。整座屋子充滿風信子的香味，小男孩哭了一整天。那一晚，他和爺爺肩並肩躺在院子裡的雪地上，凝視天上的星星。他們倆一起向著外太空，唱歌給奶奶聽。從那晚之後，他們幾乎夜夜如此。

她是他們的。

「你怕自己忘記她嗎？」小男孩問。

爺爺點頭。

「很怕。」

「也許只要你忘記她的葬禮就好了。」小男孩試著建議。

小男孩自己認爲葬禮是很容易忘記的事情，不管是誰的葬禮。但是爺爺搖搖頭。

「如果我忘掉她的葬禮，我就也會忘記自己爲何不能忘記她。」

「聽起來好混亂啊……」

「人生有時候的確很混亂。」

「奶奶相信有上帝，可是你不信。那等你死了以後也會上天堂嗎？」

「如果我搞錯了，就會。」

男孩咬著嘴唇，向老人保證：

「等你忘記她的時候，我會提醒你，爺爺。我每天早上第一件事，就是告訴你奶奶的事情。」

爺爺捏捏男孩的手臂。

「你得告訴我，我們當年跳舞的情景，諾諾。還要告訴我愛上她的感覺，那就像整個人都被她填得滿滿的，忘了我自己是誰。」

「我一定會。」

「還要告訴我她討厭香菜。告訴我我總是知會餐廳服務生，她對香菜極度過敏，然後等他們問起對香菜過敏到什麼程度的時候，我說：『相信我，她過敏得要死，如果你敢給她上香菜，你就會小命不保！』她說我這樣講一點都不好笑，可是她以爲我沒看見她偷笑呢！」

「她總是說，香菜是拿來懲罰人，不是拿來調味用的。」諾亞笑道。

爺爺點頭同意，向樹頂眨眨眼，深吸一口葉片間的氣息。然後他的額頭抵著男孩的額頭說：

「諾諾，答應我一件事，最後一件事：等到你的再見練習得很完美了，就把我留在原地，別再回頭，去好好過你的人生。一直想念停在原地的人，是再糟糕不過的事了。」

男孩花了很長、很長、很長一段時間思考這個提議。最後他說：

「可是腦子生了病有一個好處，就是你可以變成最會保密的人。對當爺爺的人來說這一點很棒。」

爺爺點點頭。

「那倒是，那倒是……你剛剛說什麼啊？」

他們兩人一同笑起來。

「而且我認爲你不必害怕會忘記我。」男孩考慮片刻之後說。

「是嗎？」

男孩的兩邊嘴角向耳朵高高揚起：

「對啊，因爲如果你忘記我，就能夠重新再認識我一次。我想你會很喜歡認識我，因爲我是一個很酷的朋友喔！」

爺爺的大笑撼動了整個廣場。他知道再沒比這個更大的福氣了。

他們坐在草地上，他和她。

「泰德很氣我，吾愛。」

「他不是氣你，他是氣這個宇宙。他氣自己沒辦法對付你的敵人。」

「要氣這個廣大的宇宙可不容易，得有一肚子發不完的火。我但願他……」

「像你一樣？」

「少像我一點。我希望他別像我這樣，少一點怒氣。」

「他是，但也比你更容易傷感。你記不記得他小時候問你，人爲什麼想上外太空去？」

「記得，我告訴他因爲人類生來就是探險家，我們得不斷挖掘發現新事物，這是我們的本性。」

「可是你當時也看出來他很害怕，所以又說：『泰德，我們上太空不是因爲害怕外星人來攻擊，而是因爲害怕我們沒有同伴。宇宙大得要命，如果沒有同伴是很可憐的。』」

「我眞的這麼說嗎？說得眞不錯。」

「你大概也是偷了誰的說法吧。」

「有可能。」

「現在泰德八成也告訴諾亞同樣的解釋。」

「諾亞從來不怕外太空。」

「那是因爲諾亞像我，他相信上帝。」

老人躺在草地上，看著樹林微笑。她站起身走過矮樹叢，站在船邊輕輕撫摸船身。

「別忘了在錨下面多墊幾塊石頭，諾亞長得好快。」她提醒他。

薄暮裡，他曾在其間工作多年的船艙看起來好小，但是這個小空間卻孕育出許多極爲宏大的點子。船艙外的燈都還在，他把這些燈纏在船身外，好讓屋裡被惡夢驚醒的諾亞能夠找到他的爺爺。那是一大團綠色、黃色和紫色的燈泡，似乎當初爺爺掛這些燈的時候急著上大號。諾亞看到這些燈時總是會開懷大笑。只要你顧著笑，穿越黑黝黝的花園就一點都不可怕。

她在他身邊躺下，嘆息拂在他緊貼著她的皮膚上。

「我們在這裡打造我們的人生，一切都在這裡了。你就在那條路上教會泰德騎腳踏車。」

他露齒一笑，老實說道：

「泰德自己學會的。就像那時我叫他別再亂碰吉他，先做好功課再說，結果他就自己學會彈吉他了。」

「你太忙了。」她輕聲說，同時又不忍說出這幾個字，因為她心中也抱著同樣的歉疚。

「現在忙的倒是泰德。」他說。

「可是宇宙把諾亞賜給你們兩個人，他是你們之間的橋梁。所以我們才有機會好好寵我們的孫子，藉此向我們的孩子道歉。」

「可是我們該如何才能讓孩子不再恨我們？」

「沒辦法，因為那不是我們管得著的。」

他的呼吸在喉嚨和胸口來回激盪。

「大家都納悶妳怎麼受得了我，吾愛。有的時候我也很納悶。」

她格格笑起，那令他極度思念的笑聲，從她腳尖升起，越滾越快的笑聲。

「你是我所認識的男孩中，頭一個會跳舞的，所以我想自己最好把握機會，誰知道下一次還會不會遇到這樣的男孩子。」

「對不起，我用香菜捉弄妳。」

「口是心非。」

「其實，妳還真說對了。」

黑暗中，她慢慢放開他的手，但聲音仍然緊緊順著他的耳邊傳來：

「別忘了在錨下面多墊幾塊石頭。還有，跟泰德聊聊吉他。」

「現在聊已經太晚了。」

她的笑聲縈繞在他的腦中，他沐浴在笑聲裡。

「親愛的老頑固啊，和兒子聊他喜歡的話題永遠不嫌晚。」

然後，雨滴開始落下，他向她大聲喊出的最後一句話——他希望自己錯了。他非常、非常、非常希望自己是錯的，他希望他能再度在天堂和她爭論。

男孩和父親順著甬道往前走，父親輕輕握住男孩的手。

「害怕沒什麼不對，諾亞，你不需要覺得不好意思。」他又說一次。

「我知道，爸，別擔心。」諾亞邊說邊用力扯高往下滑的褲腰。

「褲子是有點大，可是已經是他們的最小號了。等我們回家我就幫你改小。」父親保證。

「爺爺痛嗎？」諾亞想知道。

「不痛，別擔心，他只不過是在船上摔跤的時候割破了頭。傷勢看起來比實際上糟，但是他不痛，諾亞。」

「我的意思是裡面。腦袋裡痛不痛？」

父親用鼻子大大吸口氣。他閉上雙眼，慢下腳步。

「這很難解釋，諾亞。」

諾亞點頭，稍微握緊父親的手。

「別怕，爸爸，那樣可以把熊嚇跑。」

「怎樣？」

「我在救護車裡尿褲子，那樣可以把熊嚇跑。熊會好多年都不想進那輛救護車！」

諾亞的父親笑聲如雷，諾亞很愛他的笑聲。父親的大手溫柔地握著他的小手。

「我們得多多留心，你知道吧？留心你爺爺，他的腦子……是這樣的，諾亞，他的腦子反應有時候會比我們平常習慣的慢一些。比他自己平常的反應慢一些。」

「是啊，每天早上回家的路會越來越長。」

父親蹲下身擁抱諾亞。

「我聰明的寶貝兒子。我愛你的程度，比天空更大更多。」

「我們要怎麼幫爺爺？」

父親的眼淚被兒子的運動衣吸了進去。

「我們可以陪他一路走下去，當他的旅伴。」

兩人走進通往醫院停車場的電梯，手牽手走向車子，拿出裡面的綠帳篷。

泰德和他的父親又爭執了起來。泰德求父親坐下，但是父親怒氣沖沖地大吼：

「泰德，我今天沒空教你騎腳踏車！我早就告訴過你了！我得工作！」

「沒關係，爸，我知道。」

「老天爺，我只是想抽根菸而已！說，你把我的菸藏到哪去了！」父親怒喝。

「你好多年前就戒菸了。」泰德回答。

「你知道個鬼！」

「我知道，因爲你是在我出生的時候戒菸的，爸。」

他們彼此凝視，兩人之間的動靜只剩下呼吸。呼，吸，呼，吸，呼，吸。對宇宙發火，得有用不完的怒氣。

「我……那個……」爺爺囁嚅著。

泰德的大手扶住爺爺瘦削的肩膀，爺爺伸手碰了碰泰德的落腮鬍。

「你長得好大了，泰泰。」

「爸，聽我說，諾亞也在這裡。他會坐在旁邊陪你，我去車上拿點東西就回來。」

爺爺點頭，將前額抵在泰德的前額上。

「我們得快點回家，孩子，你媽還在等我們。我相信她一定開始擔心了。」

泰德用力咬著下唇。

「好，爸，很快就會。馬上。」

「你現在有多高啊，泰泰？」

「一百八十五公分，爸。」

「等我們回家之後，可得在錨下面多墊幾塊石頭。」

泰德快走到門邊的時候，爺爺問起他是否帶了吉他來。

在生命的盡頭有一間醫院病房。病房中央的地板上，搭了一頂綠色的帳篷。帳篷裡面，一個人驚醒過來，上氣不接下氣，驚恐不已，無法認出自己身在何方。坐在他身邊的年輕人悄悄地說：

「別害怕。」

驚醒的人裹著睡袋坐起身子，臂膀抱住顫抖的膝蓋，開始啜泣。

「別害怕。」年輕人又說一次。

一顆氣球輕彈著帳篷頂，氣球繩尾端懸在老人的手指旁。

「我不知道你是誰。」他說。

年輕人輕撫他的手臂。

「我是諾亞，你是我的爺爺。你在屋子外面的小路上教會我騎腳踏車，你還好愛奶奶，愛到整個人都被她塡得滿滿的，甚至忘了你自己是誰。她很討厭香菜，卻對你很包容。你當年嘴硬說永遠不戒菸，可是一當爸爸就馬上戒了。你去過外太空，因爲你生來就是探險家；有一次你去看醫生的時候說：『醫生，醫生，我的手臂在兩個地方跌斷了！』然後醫生說你可眞別再往那兩個地方跑啦！」

聽完這番話，爺爺笑了，雖然他的嘴角並未牽動。諾亞拉過氣球繩放在老人手心，又叫老人看自己握住氣球繩的尾端。

「我們以前在湖邊露營的時候，就是睡在這頂帳篷裡面，爺爺，你記得嗎？你把這條繩子綁在手腕上，就算睡著之後，氣球也不會跑掉。然後只要你一害怕，就拉這條繩子，我會把你拉回來。絕對不漏失。」

爺爺緩緩點頭，帶著驚異的神情撫摸諾亞的臉頰。

「你看起來不一樣了，諾諾，學校怎麼樣？現在的老師比以前像樣嗎？」

「是啊，爺爺，現在的老師水準都比以前好了。我也是他們的一分子，這年頭的老師都很棒。」

「那就好，那就好，諾諾，一個出色的腦子絕對不會永遠被綁在地球上。」爺爺悄聲說完，閉上眼睛。

外太空在醫院病房外歌唱，泰德彈吉他，爺爺跟著哼。滿腹的怒氣，和宇宙相較之下太微不足道；漫長的人生，有良伴相陪到盡頭便足矣。諾亞撫摸女兒的頭髮，女兒在睡袋裡翻過身向著他，繼續酣睡。她不喜歡數學，卻像她爺爺一樣喜歡文字和樂器。不久之後，她的腳就能搆到地了。他們肩並肩睡著，帳篷裡有風信子的香味，一切都沒什麼好怕的。

用一生來換

The Deal of A Lifetime

打開話匣子前的幾句話

這個故事講的是為了救一條命的事前準備。如果為了救這條命，不但要投下你的未來當作賭注，甚至連你的過去也不例外；不光是你要去的地方，更包括你走過後留下的痕跡。如果需要你付出一切、甚至你的生命，那麼你會選擇救誰的命？

我在二〇一六年聖誕節前夕的一天深夜寫下這個故事。我的妻子和孩子們正在一臂之遙外沉睡著。我累壞了，那是既多事又怪誕的一年，我思索過許多家庭之間會做的抉擇。每一天、無論何處，我們不是選擇走這條路便是另一條。我們到處遊逛；或是宅在家裡；我們在彼此身旁陷入愛河或夢鄉。我們發現自己需要被別人當頭棒喝，才會理解今夕何夕。

所以我想講一個跟這一切有關的故事。

這個故事刊登在我家鄉——瑞典最南邊的赫爾辛堡——的報紙上。故事裡所有的地點都是真的，我的學校就在醫院轉角．故事中人物小酌的酒吧是我童年好友開的，我曾經有幾次在那裡醉到不省人事。如果你來赫爾辛堡玩，我極度推薦你造訪這間小酒館。

現在的我，和家人住在赫爾辛堡往北六百公里處的斯德哥爾摩。所以如今回想起來，這個故事其實要講的不光是我那一夜坐在妻兒安眠的床邊時，腦中思索的愛與生死；也是有關我對成長家鄉的感觸。也許每個人的心底都對家鄉有同樣的感觸：你永遠無法徹底逃出家鄉，但卻也永遠無法回去。我們並非企圖和家鄉和解，至少對象不是家鄉的街道和磚頭。而是和舊時的我們和解。也許我們想原諒自己這輩子並沒有成為當初想要成為的人。

我想，或許你會覺得這個故事很奇怪。故事並不長，所以如果你這麼想的話，至少很快就能解脫了。可是我但願當年那個年輕的自己有機會讀到這個故事，而且不認為情節……那個……很嚇人。我想現在的我和當年的我應該可以一起喝杯小酒，聊聊人生中的抉擇。我會給他看我的全家福照片，而他會說：「還行。你還算過得不錯嘛。」

無論如何，故事即將展開。謝謝你們花時間讀這本書。

愛你們的，

菲特烈・貝克曼

（本篇純屬虛構小說。任何篇中提及的歷史事件、眞實人物，或眞實地點，皆爲配合虛構情節所使用。其他姓名、人物、地點，以及事件純出於作者想像；任何與實際情節、地點，或生或歿之人物雷同的狀況，絕對爲巧合。）

92

And Every Morning the Way Home
Gets Longer and Longer

嗨，我是你爸。你馬上就要起床了，現在是赫爾辛堡的平安夜早上，我剛殺了一個人。我知道，通常童話故事不會有這種開頭。但是我帶走了一條命。如果你知道那是誰的命，這整件事情會有什麼差別嗎？

也許不會。我們大多數人無助地相信每一顆停止跳動的心臟，都會同等地被生者思念。如果我們質疑：「每條生命的價值都一樣嗎？」幾乎每個人都會響亮地回答：「當然！」直到命運的食指指向我們所愛的人問：「這條命如何？」

如果我殺了個好人，會有什麼差別嗎？如果是個備受鍾愛的人又如何？或是一條很值錢的生命？如果是個小孩？

她當時五歲。我是在一星期前遇到她的。醫院的交誼廳裡有把小紅椅，那是屬於她的椅子。在她住進來時，那把椅子還不是紅色的，但是她看出了椅子的心願。她總共用掉二十二盒蠟筆，不過不要緊，因為她負擔得起：大家總是送她蠟筆。彷彿她可以用蠟筆畫掉自己的病痛，用色彩趕走所有的針頭和藥丸。她當然知道這不可能，因為她是個聰明的孩子，她是為了大人才假裝相信的。她白天忙著在紙上畫畫，因為這麼做會讓大人們開心。夜晚時，她在椅子上畫畫，因為椅子非常想變身成紅色的。

她有一個柔軟的布偶，是隻兔子。她叫它「布布」。那時她剛學會講話，大人以為她之所以叫它「布布」，是因為她還不會發「兔兔」的音。但是她叫它布布，是因爲那確實是它的名字。其實，就算對大人來說，這件事照理講也不該這麼難理解。布布偶爾會害怕，就會想坐在紅椅子上。雖然並沒有醫學實驗證明坐在紅椅子上能讓人不那麼害怕，但是布布並不曉得這件事。

小女孩會坐在布布身旁的地板上，一邊輕拍它的腳掌一邊說故事給它聽。有天晚上，我躲在走廊轉角處，聽見她說：「我要死了，布布。每個人都會死，也許千百萬年之後大部分的人都會死，可是我說不定明天就死了。」她又悄聲補上一句：「我希望不是明天啦。」

接著，她突然面帶驚恐地抬起頭四處張望，像是聽見走廊上有腳步聲。她迅速抓起布布，對紅椅子輕輕道了晚安。

「是她！她來了！」小女孩啞著嗓子低聲說著，邊跑進自己的病房，躲進母親身旁的被子底下。

我也拔腿逃了。我這輩子都在逃。因爲每天晚上，一個身穿厚重灰色毛衣的女人會在醫院走廊上穿梭。她的手上拿著文件夾，裡面全是我們的名字。

今天是平安夜。你起床的時候雪大概已經融化了，赫爾辛堡的雪向來無法持久。這裡是我所知的唯一風會從低處往上灌的城市，像是故意跟你搗蛋似的。在這裡，如果你倒著撐傘反而能發揮擋雪的功能。雖說我是在這裡出生的，卻從沒習慣這種天氣；赫爾辛堡和我向來不對盤。也許每個人和自己的家鄉都有一樣的矛盾：我們的出生地從不對我們說抱歉，從不承認它錯看了我們。家鄉就那麼靜默地矗立在馬路盡頭，悄聲說：「你現在有錢有勢了，回來的時候手上戴著名貴的手錶、身上穿著華服。但是你可騙不了我，因爲我知道你骨子裡是什麼貨色。你只是一個膽怯的小男孩。」

昨天晚上，我出了車禍之後，在撞爛的座車旁見到了死亡本人。遍地都是我的血跡。那個穿著灰毛衣的女人滿臉不高興地站在我身邊說：「你不該在這裡的。」我好怕她，因爲我是贏家、是個逃生專家。逃生專家都怕死，所以我們才能如此好好地活著。我的臉被劃得傷痕累累，肩膀也脫臼了，還被困在價值一百五十萬克朗的高科技廢鐵下頭。

當我看到那個女人時，我大叫：「找別人！我可以給妳另一個下手的對象！」

但是她僅僅彎下身，帶著一臉失望的神色說：「事情不是這麼做的。決定權不在我手上，我只不過負責處理流程和運輸工具。」

「替誰處理？上帝還是魔鬼，或是……其他人？」我邊啜泣邊問。

她嘆了口氣：「我不管那些政治鬥爭，只想做好自己的工作。把我的檔案夾給我吧！」

車禍不是我置身醫院的原因，早在那之前我就已經是醫院的常客了，因為癌症。六天前，我第一次遇見那個小女孩，當時我躲著護士們在逃生門外抽菸。他們老是告誡我抽菸的壞處，彷彿我會活得久到被菸殺死。

通往走廊的門半開著，我聽到女孩在交誼廳裡和她媽媽說話。她們每天晚上都會玩一樣的遊戲：醫院裡靜到能聽見雪花飄打在窗戶上的聲音，就像道晚安時的吻。母親會問她：「妳長大以後想當什麼？」

女孩知道這個遊戲是為了母親玩的，但是她假裝自己也同樣認真。她邊格格大笑邊說「醫生」和「工程師」，以及自己最喜歡的答案：「太空獵人」。

等到母親在扶手椅裡睡著之後，女孩仍然待在原地，一面替想變身成紅色的椅子上色，一面和眞名叫做布布的兔子講話。「死掉會冷嗎？」她問布布。但是布布也毫無頭緒。於是女孩將厚厚的手套裝進背包裡，爲了下一趟旅程做準備。

她看到了玻璃後的我，並不畏懼。我記得自己因爲這一點而對她的父母心生不滿。哪有父母會養出一個孩子，絲毫不畏懼某個站在逃生門後抽菸、盯著她看的四十五歲怪叔叔？但是這孩子一點都不怕。她對我招了招手，我也回禮。她拎著布布的腳掌向逃生門走來，朝著門縫說：

「你也有癌症嗎？」

「對。」我回答。因爲這是事實。

「你很有名嗎？我在媽咪的報紙上看過你。」

「對。」我也回答。因爲這也是事實。報紙寫的都是關於我的財富，還沒人知道我生病了，但是我的診斷結果肯定會成爲大新聞。我不是個普通人，要是我死了，所有的人都會知道。但是一個五歲小女孩的死，並不會上新聞，晚報上也不會有任何紀念文字。孩子們的腳印還太小，還沒時間令任何人在乎他們這輩子走過的痕跡。但是人們會因爲我在身後留下的痕跡在乎我，以及我建立和達到的成就、我指揮的企業、我的資產。和你不同，金錢對我來說不是金錢。我累積計算金錢，卻不需要錙銖必較。金錢對我來說只是小數點，一種衡量成就的工具。

「我的癌症和妳的不一樣。」我對女孩說。因爲這是我的診療報告裡唯一令人寬慰之處。醫生帶著歉意解釋：「你得了一種非常非常特殊的癌症。」

就連我的癌症也和你們不一樣。

女孩用力眨眼，繼續問：「死掉會冷嗎？」

「我不知道。」我說。

我應該給她另一個答案的，另一個更有深度的答案。但我不是那種人。

我丟掉菸頭，喃喃說：「妳不該在家具上畫畫。」

我知道你在想什麼：我眞是個渾蛋。

你想得沒錯。但是所有成功的人都不是後天造成的渾蛋，我們老早就已經是渾蛋了，所以我們才如此成功。

「只要你有癌症，他們就准你在家具上畫畫。」小女孩迅速聳聳肩，下了這個斷語：「誰也不會說什麼。」

我也不曉得是爲什麼，總之我爆出了大笑。我上次大笑是什麼時候？她也大笑起來。接著，她和布布一溜煙回到自己房間裡。

殺人眞是輕而易舉。像我這樣的人只需要一部車和幾秒鐘。因爲像你這樣的人很信任我。你以超過一百公里的時速，在夜晚開了幾千公里的路程，後座有你摯愛的人沉睡著。當像我這樣的人從對向車道向你駛來時，你滿心相信我的剎車沒出問題、我沒正在尋找掉在座椅間的手機、我沒超速，也沒因爲正在眨掉盈眶的眼淚而在車道間斜曳而行。我沒坐在頭燈失靈的車裡，在通往１１１號公路的滑溜路邊等待拖吊車。你信任我。你相信我沒喝醉，相信我不會害死你。

今天早上，穿著灰毛衣的女人把我從廢鐵堆裡拉出來，擦掉我沾在她檔案夾上的血跡。

「殺……別人。」我哀求。

她無奈地從鼻孔裡呼出一大口氣。

「事情不是這樣做的，我沒有那種影響力。我不能以一死換一死，只能以一生換一生。」

「那就換啊！」我大吼。

女人哀傷地搖搖頭，伸手從我胸前的口袋裡拉出一根菸。菸已經撞彎了，但是還沒斷。她悠長地深吸了兩口菸。

「我已經放棄了。」她爲自己辯護。

我淌著血倒在地上，指向檔案夾。

「我的名字在那裡面嗎？」

「每個人的名字都在這裡面。」

「妳說『一生換一生』是什麼意思？」

她嘟囔：

「你眞是頭蠢豬，永遠改不了。」

曾經，你是我的。我的兒子。

醫院裡那個小女孩讓我想到你。你的出生，改變了某些事。因爲你的哭聲太嘹亮了，令我這輩子首次有種感覺：替另一個人感到痛苦。我沒辦法和對我有如此巨大影響力的人一起生活。

每個做父母的人，都會偶爾在屋子外的車裡坐個五分鐘，純粹靜靜坐著。他們會深呼吸，凝聚足夠的力量走進屋裡面對所有的責任。我們期待自己做好榜樣、爲了調適各種狀況而產生的壓力足以令人窒息。每個做父母的人，都會不時在樓梯間裡駐足，手上拿著家門鑰匙卻不插進鑰匙孔。起碼我不矯飾，在逃離之前只猶疑了片刻。你的童年時光裡，我都在出差。就在跟這女孩一樣大時，你問我的工作是什麼。我告訴你我賺錢，你說每個人都會賺錢。我說：「錯了，大部分的人只是勉強活著而已。他們以爲自己擁有的東西都有個價值，可是其實沒有任何東西是有價值的。基於期待心理，所有的事物只有價格，我就是靠這個道理做生意。地球上只有時間有價值。一秒鐘永遠值一秒，沒得講價。」

現在的你非常討厭我，因爲我將生命中的每一秒鐘都投注在工作中。但是至少我將時間投注在有價值的事情上。你朋友們的父母又將他們的人生投注在什麼東西上呢？烤肉和打高爾夫？參加旅行團和看電視？等他們死了又能留下什麼？

你現在是恨我沒錯，但你曾經也是我的。你曾經有一次坐在我的膝蓋上，害怕頭頂那片布滿星星的夜空。有人告訴你星星其實不在我們頭上，而是在腳底下；地球旋轉的速度非常快，如果你又矮又輕，就會很容易被甩進那片黑暗裡。那晚前廊的大門是開的，你媽媽正在聽李歐納·柯恩的歌。我告訴你，我們其實是住在又深又舒服的洞穴裡，天空只是蓋住洞口的石頭。「那星星呢？」你問。我告訴你，那些星星是孔隙，光透過這些孔隙才照得進來。我還說，你的眼睛也一樣，兩個小小的孔隙，讓光從小腦袋裡透出來。你聽了之後笑得眞響亮。但是自從那天之後，你的笑聲似乎再也沒那麼響亮了。當時我也和你一起笑。我一輩子只想過得高人一等，卻生了一個甘願沒沒無聞的兒子。

窗戶另一側的客廳裡，你媽媽調高樂聲跳起舞來，同時開懷地笑著。你巴著我，高高站在我的膝蓋上。縱然爲時短暫，但那時我們畢竟還是一家人。在那些短暫的時光裡，我還屬於你們倆。

我知道你但願自己有個平凡的父親。一個不出差、不出名的父親；一個只要有你那欽羨雙眼便已足夠的父親。你從來不喜歡在說出自己的姓之後，聽對方說：「抱歉，你的爸爸是那位……？」可是我的重要身分，令我無暇顧及這些瑣事。我不曾帶你去學校、不曾牽過你的手、不曾幫你吹熄蛋糕上的蠟燭、不曾在給你唸第四個床邊故事時中途睡倒在你床上，肩窩傍著你的臉頰。但是你有每個人夢想的東西：財富和自由。我是拋棄了你，但是至少我把你留在食物鏈的最頂端。

不過這些你都不在乎，對吧？有其母必有其子。她比我聰明，針對這一點，我始終沒辦法原諒她。她的感覺也比我敏銳，這是她的弱點，因爲我光用言語就能令她受傷。你也許不記得她是何時離開我的，因爲你當時還太小了，而且其實我根本沒留意。那次我出差回來，兩天之後才意識到你們兩人已經不在了。

幾年之後，你十一歲還是十二歲時，你們爲了某件事大吵一架。你在半夜坐公車來找我，說你想跟我住。我說不行。你氣急敗壞，在玄關地毯上放聲大哭，嘶吼著這不公平。

我死死盯著你的眼睛說：「人生本來就不公平。」

你咬著嘴唇，垂下雙眼回答：「那是你運氣好。」

也許就是從那天起，你不再屬於我了，我無法確知。也許就是在那天，我失去了你這個兒子。如果眞是這樣，那麼是我錯了。如果眞是這樣，人生其實再公平也不過。

四天前，女孩又敲了敲窗戶。

「你要玩嗎？」她問。

「玩啥？」我說。

「我覺得好無聊。你要玩嗎？」

我告訴她該上床睡覺了。因爲我就是你想的那種人：拒絕一個五歲垂死女孩的遊戲邀約。她和布布往房間走了幾步，又轉頭看著我問道：「你也很勇敢嗎？」

「什麼？」

「每個人都一直說我很勇敢。」

她的眼皮輕輕顫動。於是我老實回答：「別裝勇敢。妳想害怕就害怕。每個想逃命的人都會害怕。」

「你怕嗎？那個手上拿檔案夾的阿姨？」

我平靜地長吸了一口菸，慢慢點頭。

「我也是。」女孩說。

她和布布繼續往房間走。當時我也不知道怎麼回事，也許內心某處突然爆開幾個孔隙，光線因而透了出來，或許其實是滲進我體內。我並沒那麼邪惡，我也知道癌症理當有年齡限制。於是我張口說：「妳今晚不用怕。我會在這裡監視，不讓她今天晚上來。」

小女孩微微一笑。

第二天早晨，我清醒地坐在走廊上，聽見女孩和她母親正在玩新遊戲。

母親問：「妳要請誰來參加下一次生日派對？」雖然事實上她並不會有下一個生日派對。女孩順著母親的意玩遊戲，流暢地說出一串她心愛的親友名字。對五歲小女孩來說，這串名單可眞長。那天早晨，我也在那份名單上。

我是個自大的人，你從很早之前就知道這一點了。你媽媽有一次吼著說我這個人沒有平等來往的對象，只有在我之上，對我有利的人；或是在我之下，被我踐踏的人。她說得沒錯，就是因爲這樣我才不斷往上爬，直到我頭上再也沒有別人。

可是我到底有多自大？你知道任何東西到了我手裡都能變成一筆交易，但是我能踩著別人的屍體往上爬嗎？我會因爲自大而殺人嗎？

我曾經有個弟弟。我從來沒告訴過你這件事，我們出生的時候他就死了。也許因爲世界上只容得下我們其中之一，而我的野心比較大。在子宮裡，我踩在弟弟頭上。從在子宮裡我就已經是個贏家。

拿著檔案夾的女人也在我們出生的醫院，我看過照片。有時候，我母親會在夜裡獨自喝悶酒，醉倒之後就忘了把照片藏起來。每張照片裡都有那個女人：她是窗外模糊的身形或走廊上的灰影。在我們出生前一天有張照片，她現身於正在加油站排隊付錢的我父母身後。母親即將臨盆的身形顯得十分累贅。照片裡的父親開心地笑著。我從沒看他那樣大笑，我這輩子只看過他微笑。

我五歲時，在鐵道旁看見拿著檔案夾的女人。我才剛要跨越鐵軌，她就從對面向我一躍而來，嘴裡大吼大叫。我嚇得半死，驚疑不定。一秒鐘之後火車就來了，它近距離的雷霆之勢，將我震倒在地。等到火車通過之後，她已經不見了。

十五歲時，我和死黨在庫拉柏格海邊的岩岸上玩耍。往上攀爬的途中，我們經過一位穿著灰色毛衣的女人。「小心，這些石頭在下雨天裡可不怎麼牢靠。」她低聲說。等到她走了之後，我才認出來她是誰。半個小時之後，開始下起雨來，我的死黨倒栽蔥地一頭跌了下去。雨一路下到他的葬禮那天，像是永遠不打算停。我走出教堂時又看見那個女人，她拿著雨傘站在廣場上，但是雨仍然打濕了她的臉頰，也只有赫爾辛堡才有這種天氣。

父親病了之後，我在他安養院的房間外看到她，那是他生前最後一夜。那時我剛從洗手間出來，她沒留意到我。她身上穿著一樣的灰毛衣，用黑色鉛筆在檔案夾寫著些什麼。接著，她走進父親的房間，再也沒出來。第二天上午父親就過世了。

等到我母親生病時，我正在國外工作。我們當時和對方通電話，她低聲講話的時候聽起來好虛弱：「醫生說一切看起來都很正常。」她這麼說，免得我擔心她的病況不尋常。我的父母永遠都希望一切保持正常。自從我弟弟死了之後，他們最希望的就是和所有人一樣。也許這就是爲什麼我想變得與衆不同，這純粹出於自我的固執。母親是在晚上走的，我請了鑑價師檢視她的公寓和個人物品，他拍了照片寄給身在國外的我。其中一張照片拍的是臥室，地板上有枝黑色鉛筆。我回到家時，鉛筆已經不見了。母親的拖鞋還留在玄關，鞋底沾了幾團灰色的羊毛。

我沒把你教好。照理講做父親的應該要教兒子人生的道理，但是你老是讓我失望。

去年秋天，你在我生日那天打電話來。我四十五歲了，你剛滿二十。你說剛找到一份在舊堤沃利樓裡的工作。市政府把整座堤沃利樓搬越過廣場，好讓出空間蓋新的私人公寓。你講「私人」時語氣十分不屑，因爲我們兩人的差異太大了。你看見的是歷史，我看見的是建設；你看見的是懷舊，我看見的是貧弱。我可以給你工作，幾百個工作都行，但是你寧願到黑膠唱片酒吧當酒保，在那棟四個世代以前還是蒸汽船渡口時就已經快倒塌的建築物裡工作。我開門見山地問你快不快樂，因爲這就是我的個性。你回答：「已經夠好了，爸，夠好了。」因爲你知道我恨透了這句話。你這個人總是那麼容易滿足，根本不曉得這是多大的福氣。

也許是你媽媽逼你打電話給我；我想她懷疑我生病了，但是你接著邀我去酒吧坐坐。你說餐廳裡供應冷肉三明治；你記得在小時候，我每次在聖誕節坐渡輪帶你去丹麥時都會點這個。你媽媽老愛唸我，叫我至少一年帶你去做一件什麼特別的活動，我想你也知道是她在背地裡要求。但是我沒辦法坐著聊天，我閒不下來，你又會暈車。因此，我們兩個都喜歡上渡輪，我喜歡去程，你喜歡回程。我愛將一切留在身後，而你喜歡站在甲板上看著赫爾辛堡出現在地平線上。那條回家的路，你熟悉的城市輪廓。你很愛那種感覺。

去年秋天我把車子停在漢托格街上，坐在車裡透過酒吧玻璃窗看著你。你邊調雞尾酒邊逗得客人哈哈大笑。我沒進去，因爲我怕自己會忍不住告訴你我得了癌症。更何況我想當然耳地喝醉了，我想起你和你媽住的房子外面那道台階，你總是坐在那裡等總是爽約的我，那些我浪費了你時間的約定。我也記起聖誕節的渡輪，我們總是搭一大早的班次，好讓我回家之後還有時間喝酒。我們最後一次同行是你十四歲時，我在赫爾辛格市一間地下室酒吧裡教你玩撲克，教你如何看出來牌桌上的輸家：外型軟弱，但是手裡拿著烈酒的人。我教你如何從那些不懂遊戲規則的人身上贏錢。你贏了六百克朗，我想繼續玩，但是你用懇求的神色對我說：「六百塊已經夠好了，爸。」

在往渡船口的路上，你走進一家珠寶店用那筆錢買了耳環。我花了一年的時間才搞清楚你不是爲了討好哪個女孩而買。那是送給你媽媽的禮物。

從此你再也不玩撲克。

我沒把你教好。我試過要你強硬，但是你卻變得仁慈。

昨天深夜在醫院裡，拿著檔案夾的女人從走廊那頭走過來。她在看到我的時候停下了腳步。我沒逃。我記得每一次見到她時的情景。當她帶走我弟弟時，當她帶走我死黨時，當她帶走我父母時。我不再害怕了，我要堅守這股力量，直到最後一刻。

「我知道妳是誰。」我說話時，聲音裡沒有一絲顫抖。「妳就是死亡。」

女人皺起眉頭，看起來像是受到極大的冒犯。「我不是死亡。」她低聲說：「我的工作不等於我。」

這句回答讓我啞口無言。我承認，這不是你在那個當下會料想到的答案。

女人壓低了眉毛又重複一次：「我不是死亡。我只負責接送。」

「我——」我才開口就被她打斷了。

「你太過自我中心，讓你以為這輩子都被我追著跑。其實我是在關照你。天下有那麼多蠢豬可供我挑選出最喜歡的……」她按揉著太陽穴。

「最……喜歡的？」我結結巴巴地問。

她伸出手放在我的肩膀上。冰冷的指尖向下移動，從我胸前的口袋抽出一根菸，點燃之後，緊緊用手扣著她的檔案夾。或許是因為被煙熏的，一顆眼淚從她臉頰滑下，她輕輕說：「照規定，我們不能偏袒任何人，否則會讓我們變得很危險。但是偶爾……工作也有不順利的時候。我來帶走你弟弟的那一刻，你哭得真響亮，我忍不住轉過身，正好和你四目相對。我們不應該有這種行為的。」

我嘶啞的嗓子問道：「妳早就知道……我打造的這一切，我所有的成就……妳早就知道了？所以妳才帶走我弟弟，而不是我？」她搖搖頭：「事情不是這樣辦的。我們對未來一無所知，不過是做份內的工作而已。可是我犯了一個錯誤。我看了你的眼睛，竟然覺得……心痛。我們不該覺得心痛的。」

「妳殺了我弟弟嗎？」我抽著鼻子。

「沒有。」她說。

我絕望地哭了起來：「那妳爲什麼帶他走？還有每一個我愛的人？」

她的手輕輕放在我的髮間，悄聲說：「我們無權決定誰該走誰該留。這也是爲什麼我們不該感到心痛。」

醫生對我宣告診斷結果時，我並不覺得震撼，而是全然接受。我思索自己親手建立的每一樣事物，還有我會留在身後的足跡。弱者總是看著我這類人說：「有錢是有錢啦，可是他快樂嗎？」彷彿兩者可以相提並論。快樂屬於孩子和動物，並沒有任何生物機能。快樂的人不會創造任何東西，他們的世界裡沒有藝術沒有音樂沒有摩天大樓，更沒有發現和創新。所有的領導人和你們心目中的英雄人物，都對特定的事物著迷。快樂的人不會對任何事物著迷，他們不會耗費畢生精力治療某種疾病或打造飛機。快樂不會留下任何足跡，他們只是爲了活著而活著，是來地球上消費的。我可不同。

然後，發生了一件事。那天早上接到診斷通知之後，我到羅城的海灘上散心，看到兩條狗衝進海水裡，在浪花間嬉戲。我不禁有了疑問：「你曾經像牠們這樣玩過，和牠們一樣快樂嗎？你也能得到這種快樂嗎？這樣過活到底值不值得？」

穿灰毛衣的女人將手從我髮間移開，看起來有點羞愧。

「我們不該有感覺的。可是我不是……只有工作。我也有……興趣。我喜歡棒針編織。」

她指指身上的灰毛衣。我盡力表示欣賞地點點頭，因爲她似乎想得到肯定。她也點頭回禮，眼裡蒙上一層煙。我用力吸進這輩子最深的一口氣。

「我知道妳是來帶我的，我也準備好了。」我勉力說道，像是在說禱詞。

但是她的回話令我感到更害怕：「我不是來帶你的，時候未到。明天你就會知道自己很健康，你還能活很久，能完成所有你想做的事。」

我渾身開始發抖，像個孩子似的用雙臂緊緊環抱自己，又哭了起來。

「那妳來這裡做什麼？」

「工作。」

她輕拍我的臉頰之後，走向走廊另一頭，在一扇門外停下腳步打開檔案夾。她慢慢抽出黑色鉛筆，劃掉上面的名字。接著，她打開房門，走進小女孩的房間。

就在前天，我聽見女孩和她母親鬧脾氣。她想用牛奶紙盒做一隻恐龍，但是時機不對。女孩發起火來，惹得母親開始啜泣。孩子見狀便不再鬧脾氣，轉而抹去眼裡的喪氣神色，嘴角兩邊像跳繩一般勾起。她握著母親的手說：「好吧，那算了。我們來玩遊戲好嗎？」

她們開始玩假裝講電話的遊戲。母親說她被海盜綁架了，正要到海盜的祕密小島上幫他們建造海盜飛船，交換條件就是他們會送她回家。女兒笑了起來，央求母親保證等海盜放她回家之後，她們會一起做牛奶盒恐龍！輪到女孩時，她說自己和「襪星人」在宇宙船上。「外星人」，母親糾正她。「襪星人，」女孩糾正母親。「他們有很多很奇怪的機器，上面有很多很大的按鈕，他們還把電線連到我的手上他們臉上有口罩身上的制服會發出窸窸窣窣的聲音妳只能看到他們的頭。他們還會小聲說：『好了，好了，沒事了，好了，好了。』然後他們會從十數到一，一的時候妳就會睡著，不想睡也不行！」

女兒講完就靜默了下來，因爲母親又開始啜泣，儘管這只是遊戲。女孩輕輕說：「襪星人會來救我，媽咪。他們最厲害了。」

母親抑制住自己想親女兒一百萬次的衝動。此時，護士們進房間來將女孩抬上活動病床，推去手術室，沿途經過許多有大按鈕的奇怪機器。女孩的手臂上插著電線襪星人身上的制服窸窣作響臉上還戴著口罩當他們向躺在床裡的女孩彎下身時她只看得見他們的頭。他們小聲說：「好了，好了，沒事了，好了，好了，好了。」然後從十倒數到一。數到一的時候女孩就睡著了。她不想睡也不行。

承認自己不是自己認爲的那種人，實在很窩囊。如果可以的話，你們這些普通人一定會盡力救一個孩子的命，對吧？你們當然會這麼做。因此，當穿灰毛衣的女人打開小女孩的房門時，有一部分的我爆裂開了。因爲原來我比自己所認爲的那個人更普通。我推了她一把，攫住檔案夾，開始撒腿往前跑。跟你們一模一樣的行徑。

我的車子就停在醫院外；剎車燈在途中一次也沒亮過，四個輪胎奮力地在雪地裡飛奔前進。我沿著博卡琳登路往市區方向開，然後轉到史特朗維根路向北走，往海邊去。這是全世界最美的路：我在索菲羅城堡周圍的樹林間狂飆，一路直奔拉洛鎮的連棟住宅區，然後全速直抵111號公路。就在凍滑的支道和公路交叉處，我將車子停在路邊，關掉頭燈。一等拖吊車接近，我就立刻將油門踩到底。我不記得撞擊過程，只感到耳朵的疼痛、車頂像鋁箔紙一樣皺縮起來時眼前的亮光。還有血，到處都是血。

女人把我連同檔案夾一起拽出殘破的車體。我大叫「我可以給妳另一個下手的對象！」的當下，她悟出來我指的是自己。但是我的話無濟於事，她不能以一死換一死，只能以一生換一生。

我躺在地上，赫爾辛堡的風全灌進了我的襯衫裡。她耐著性子解釋：「你的死不值得。爲了給女孩的全部人生讓出空位，另一條命必須完全不存在。我得消除那條命所有的軌跡。所以如果你獻出自己的生命，你的人生就會被銷毀。你不僅算不上是死了，你這個人根本就不曾存在過。沒人會記得你，就像你沒來世上走這一遭。」

一生換一生。原來是這個意思。
所以她帶我來看你，她要讓我理解自己必須放棄的是什麼。

一個小時之前，我們站在漢托格街上隔著窗戶看你打掃酒吧。「你還是沒贏回兒子的心。」你母親曾經這麼說過：「他只聽你話的時機已經過了，做父母的最先失去的就是這回事。」

穿灰毛衣的女人站在我身旁，指著你說：

「如果你把生命換給醫院裡那個小女孩，就不會跟他有任何關係了。」

我眨眨眼，往前跨出一步。

「如果我死了……」

「你不會死，」她糾正我。「而是完全被抹滅。」

「可是……如果我不……如果我從沒……」

她無奈地搖搖頭，對我還在狀況外感到失望：「你的兒子還是會存在，但是父親另有其人。所有你留在身後的成就也都會存在，卻是由別人打造的。你的足跡會消失，世界上根本沒有你這個人存在過。你們人類總是認爲自己已經準備好獻出生命，卻不了解必須隨之改變的一切。你太執著於自己的名聲了，對吧？根本沒辦法接受自己會就這樣消逝，被衆人遺忘。」

良久，我都沒回話。我思索如果是你的話，你八成會爲別人捨命。因爲有其母必有其子，而她已經捨掉一條生命了。那段如果不是爲了你我而活，她原本應該有的，屬於她的人生。

我轉頭對女人說：「自從我生病之後，我每天晚上都坐在這裡看他。」

她點頭：「我知道。」

我知道她知道。到這個時候，我了解的已經夠多了。「每天晚上，我都納悶究竟有沒有可能改變一個人。」

「結論是？」

「每個人的本性就是如此。」

接著，她開始向你走去。我一看就慌了。「妳要去哪？」我大叫。

「我必須確定你的心意。」她邊回答邊穿過停車場，敲了敲黑膠唱片酒吧的門。

我從後方追上她，壓低嗓子問：「他看得見我們嗎？」

我根本不知道會得到這樣的回答。女人轉過身，嘲弄地挑起一邊眉毛說：「我又不是什麼該死的女鬼。他當然看得見我們！」

你打開門時，她低聲說：「我想要一杯啤酒。」然後滿不在乎地等你耐心解釋——就像你媽媽的態度——很不巧，酒吧已經打烊。

然後你看見我。
我想就在那時候，你我的兩個世界都同時靜止下來了。

你沒過問我扯破的衣服，或是臉上的血跡，因爲你見過我更狼狽的樣子。穿灰毛衣的女人吃著冷肉三明治，連喝了三杯啤酒，而我只要了一杯咖啡。我看得出來這個要求讓你感到很雀躍。我們幾乎沒講話，因爲我有太多想講的話了，所以我們才常常如此靜默。你擦乾淨吧檯，整理好杯子，而我想的是你手心裡的愛。你每次用手觸碰自己心愛的東西，都像它們有生命一樣。你在乎那間酒吧，打心底愛這座城市。你愛這裡的人和建築物和降臨厄勒海峽的夜幕。就連寒風和不爭氣的足球隊也不例外。這座城市一直都是屬於你的，我卻永遠沒有歸屬感；你從來不想尋找你的人生，因爲你從一開始就在你想去的那個地方。

我告訴穿灰毛衣的女人你曾對我說過的話：他們將整棟堤沃利大樓從廣場對面搬過來。這就是父親老愛做的事：坐在兒子面前，對第三者敘述兒子的故事，而不是讓孩子自己發言。女人在比眨眼還短暫的說話空檔間看著我。

「妳不介意我繼續講嗎？」我問。

「我眞的、眞的、眞的不介意。」她回答。

你笑了起來，眞響亮。我的心隨之歡唱。

我問了幾個問題，你回答了幾個問題。你告訴我，你根據這棟建築物的歷史，重新設計了整個吧檯區域。的確很有味道。我應該告訴你這個讚美的。不是爲了讓你高興，因爲你根本不會記得我們的對話，而是爲了我自己。我應該告訴你，我以你爲傲。

你收拾著所有的用具，我的眼睛生疏地追著你的身影跑，手上抓著咖啡杯。接著，你轉過身來拿咖啡杯，我們的手短暫地交疊。在你的指尖上，我感覺到你的心跳。

你看了看坐在吧檯邊的灰衣女人。她正在檢視雞尾酒單，並且停在一款有「琴酒、萊姆酒、茴香酒、白橙皮酒」的雞尾酒上，酒的名字叫「還魂酒Ｎｏ．３」。她看見之後笑了起來，你也跟著笑了，但是你們兩人的笑點是截然不同的。

「我很高興你碰到一個……你知道嘛……年紀相當的對象。」你悄聲跟我說。

我不知道該怎麼回答，便索性不回答。

你露出微笑，在我臉頰上親了一下。「聖誕快樂，爸。」

我的心臟往下直墜，你消失在廚房門後。我沒辦法任自己等你再度出現。

一秒鐘永遠是一秒鐘，那是我們在地球上所能擁有的唯一絕對價值。無時無刻，每個人都在討價還價。每一天，你都在進行人生的交易。而這次的交易屬於我。

女人喝乾她的啤酒，從吧檯上拿起檔案夾。我們走到戶外座位區，赫爾辛堡有許多十分美麗的景點彼此較勁，但是這塊地方格外平靜自信。它根本不用自吹自擂，而是清清楚楚地知道自己的美麗。海浪滾滾而來，渡輪停在港裡，丹麥就在水面的另一邊。

「該怎麼做？」我問。

「我們得跳進水裡。」女人回答。

「痛不痛？」我又問。

她哀傷地點頭。

「我害怕。」我說老實話，但她搖搖頭。

「你不是害怕，是在哀悼。沒人告訴你們人類，哀傷感覺起來就像恐懼。」

「我們哀悼什麼呢？」

「時間。」

我朝酒吧窗戶點了個頭，悄悄說：「他會記得一絲一毫嗎？」

她搖頭：「有時候，只有那麼一秒鐘的時間，他也許會覺得少了點什麼東西。可是……很快……」她打了個響指。

「小女孩呢？」

「繼續過她的人生。」

「妳能幫我照看他們嗎？」

女人緩緩點頭：「反正我從來就不喜歡按規矩來。」

我扣上外套的釦子。寒風正緊緊從下方往上撩。「那裡冷不冷……我們要去的地方？」我問。

女人並沒回答。只遞給我一雙手套。手套是灰色的，其中一只掛著一條紅線。她從口袋裡拿出小剪刀，小心地剪去紅線。然後她握住我的手，我們一起往下跳。你不會看見這篇故事。你也從來沒坐在母親屋外的台階上枯等。我從來沒浪費過你的時間。

就在我和拿著檔案夾的女人往下跳之後，在那串短暫的畫面裡，我看到你眼中的赫爾辛堡。就像看到自己熟悉的輪廓，家的感覺。終於，那是我們共有的城市了，你和我的。

這樣已經夠好了。

你很快就要起床，現在是平安夜早上，而我曾愛過你。

閱世界 125

每天，回家的路就更漫長

And Every Morning the Way Home Gets Longer and Longer

國家圖書館出版品預行編目 (CIP) 資料

每天, 回家的路就更漫長 / 菲特烈 . 貝克曼 (Fredrik Backman) 著 ; 杜蘊慧譯 . --
初版 . -- 臺北市 : 天培文化出版 : 九歌發行, 2018.11

面 ; 公分 . -- (閱世界 ; 125)
譯自 : And every morning the way home gets longer and longer
ISBN 978-986-95835-9-6(平裝)

881.357 107016803

作　　者——菲特烈．貝克曼 (Fredrik Backman)
譯　　者——杜蘊慧
責任編輯——莊琬華
發 行 人——蔡澤松
印　　刷——晨捷印製股份有限公司
法律顧問——龍躍天律師．蕭雄淋律師．董安丹律師
出　　版——天培文化有限公司
台北市 105 八德路 3 段 12 巷 57 弄 40 號
電話 / 02-25776564．傳真 / 02-25789205
郵政劃撥 / 19382439
九歌文學網　www.chiuko.com.tw
發　　行——九歌出版社有限公司
台北市 105 八德路 3 段 12 巷 57 弄 40 號
電話 / 02-25776564．傳真 / 02-25789205
初　　版——2018 年 11 月
定　　價——260 元
書　　號——0301125
I S B N——978-986-95835-9-6